ラッキー・ツリーをさがそう！

校庭《こうてい》にある木の幹《みき》のいくつかに、自然《しぜん》にできたハート形がある。それを七つ見つけたら、願《ねが》いごとがかなうという言いつたえがあるそうだ。

編集部《へんしゅうぶ》の調《しら》べでは、三種類《しゅるい》の木に合わせて十こあった。さあ、さっそく、ラッキー・ツリーをさがしにいこう！

おしらせ！

土曜日にビオトープでザリガニつり大会を開《ひら》きます。ヤゴやメダカをたべるギャングをつって、平和《へいわ》な水べをとりもどしましょう。参《さん》加希望者《かきぼうしゃ》は午後二時にビオトープへ。

（トンボおうえん隊《たい》）

質問《しつもん》コーナー

――「モモンガ新聞」の発行日《はっこうび》はいつ？

ネタがあれば毎日でも。生きもの関係《かんけい》が得意《とくい》なので、季節《きせつ》でいえば春から秋にかけての発行《はっこう》が多くなります。ふしぎな事件《じけん》、こまったできごとがあれば、記者《きしゃ》がすぐに取材《しゅざい》します。

百川《モモンガ》小学校ミステリー新聞

天使《てんし》の恋占《こいうらな》い

谷本雄治 作
やないふみえ 絵

ここは百川《ももかわ》小学校。
通称《つうしょう》、「モモンガ小学校」。
その校庭《こうてい》にある「生きもの
ハウス」で取材《しゅざい》をするのは……。

クマグス

本名、熊田《くまだ》すぐる。
生きもののことをよく知《し》っている。
行動力《こうどうりょく》があるが、ちょいと
そそっかしい。

『モモンガ新聞』というのは、この「ハウス」のかべにはる、たった一部の「かべ新聞」だ。

このハウスには仕《し》切《き》りがあるから、ニワトリがここにきて卵《たまご》を産《う》むことはできない。それに、ニンジンをふだんよりよく食べてる。産卵《さんらん》で体力を使《つか》ったからかもな。
そこへやってきたのは……。
やあ、記者《きしゃ》しょくん。最新号《さいしんごう》の取材《しゅざい》は順調《じゅんちょう》かな?

モモンガ小学校の衣田《きぬた》校長先生だ。

衣田《きぬた》校長
古い理科室を
『モモンガ新聞』の
編集部《へんしゅうぶ》として
使《つか》わせてくれたり、
事件《じけん》を解《と》くために
協力《きょうりょく》してくれたりする。
ときどきなぞの発言《はつげん》をする。

でもさぁ、ふみつぶさなかっただけでも、ウサギの愛情物語《あいじょうものがたり》になるんじゃない？
そのネタはボツ！それより、もっとすごいのを仕込《しこ》んだの。あたしにまかせなさい！
さてさて、今回《こんかい》の事件《じけん》は……。

もくじ

天使《てんし》の恋《こい》占《うらな》い

「たいへーん！」

ユッカが編集部《へんしゅうぶ》のドアをガラリとあけて、

「如月《きさらぎ》リョウの占《うらな》い、チョー大あたりよ！」

なにぃ、キサラギ——？

おいらがふりむくと、

「すんごいイケメンだし……たった一回の占《うらな》いで、二人を
ラブラブの両《りょう》思《おも》いにしちゃうんだ。リョウさま特集《とくしゅう》組もうよ」

そういいながら、顔写真《かおじゃしん》のついた
ちらしをうっとりとながめている。
特集《とくしゅう》だあ？　ラブラブだあ？
何日も雨がふらなくて暑《あつ》くるしいって
いうのに、これ以上暑《いじょうあつ》くしろってか。
「じょうだんじゃねえ。
芸能《げいのう》新聞じゃないんだぞ！」
おいらがもんくをいうと、
「――で、ラブラブって、だれとだれが？」
空気の読めないムラチューが、真顔《まがお》でたずねた。
待《ま》ってましたとばかりにユッカの話がはじまった。

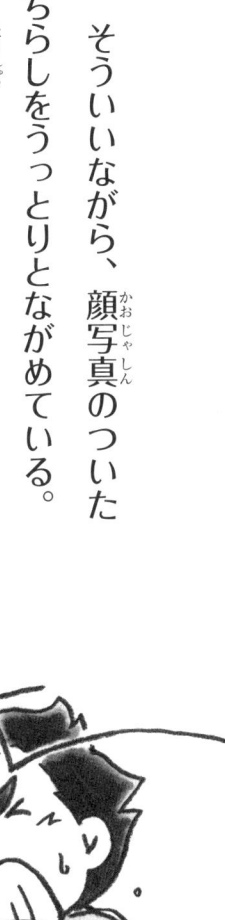

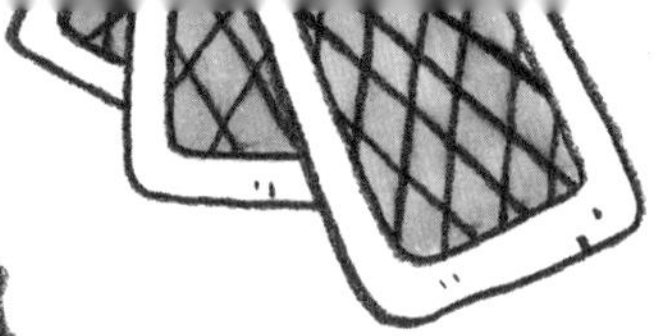

「五年三組の伊藤《いとう》あかねちゃんね、前から
野球部《やきゅうぶ》の悠太《ゆうた》くんがすきだったの。
それで占《うらな》ってもらったら……」

そいつ、如月《きさらぎ》リョウは
こういったそうだ。

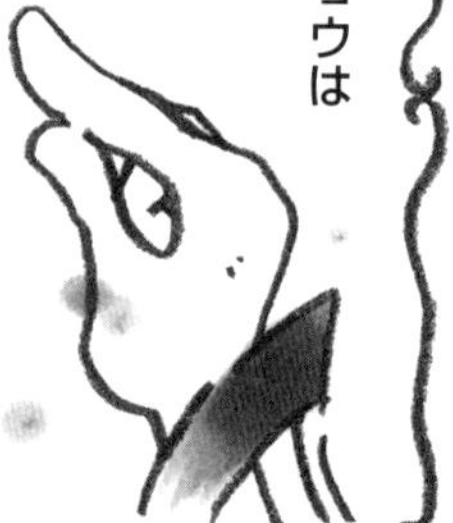

きみには、恋《こい》のキューピッドが
ついている。悠太《ゆうた》くんが練習《れんしゅう》の
あとかたづけをしている
バックネットのそばに行って、
目をつむって、こう念《ねん》じなさい

あかねちゃんはドキドキした。
いったい、どうするのかと。

……恋《こい》よ、こーい。恋《こい》よ、こーい。
このことばを三度《ど》くりかえし、

空からなにかふってきたら、
おどろいたふりをして、
悠太《ゆうた》くんにだきつきなさい

そうすれば恋《こい》の天使《てんし》が
すぐさま矢を放《はな》ち、
二人は恋《こい》に落《お》ちるでしょう

「ステキでしょ」

「ということは、恋《こい》の天使《てんし》がほんとうにあらわれたの？」

「うーん。……っていうか、空から
ふってきたのは、恋《こい》ではなくてコイ、
魚のコイだったの！」

な、なな、なんだよ、このオチ。

「トビウオじゃあるまいし、魚が空を飛《と》ぶかよ。コイがふるってか？　そんな占《うらな》い、ほっとけ！」

「そういうと思ったわ。ところがあるのよ、しょうこの品《しな》が！」

ゲッ、まさか……。

ユッカは、ビニールぶくろに入った五センチぐらいの二シキゴイを、おいらの目の前につきだした。

「これにびっくりして、あかねちゃんは思わず、悠太《ゆうた》くんにだきついたの。そしたら二人は、両思《りょうおも》いのカップルになったのよ！　コイについてきた

天使《てんし》の羽根《はね》は、あかねちゃんが恋《こい》のお守《まも》りにしているそうよ」

「もっと大きなコイかと思ったけど、これなら、草とり用に放《はな》すのと変わらないね」

ムラチューが、学校近くの田んぼにいる〝草とりニシキゴイ〟とくらべた。

ちょうどこのくらいの大きさだそうだ。

恋《こい》とコイなんて、シャレにもならない。

落語《らくご》じゃないんだぞ。

――と思っていると、ユッカはこんなことまでいいだした。

「あたったのは、これだけじゃないの。三年一組の幸田《こうだ》かおりちゃんだって、すんごい体験《たいけん》をしているのよ」

かおりちゃんは、ピアノの発表会《はっぴょうかい》が近づいたのに、
うまくひける自信《じしん》がなかった。
そこで如月《きさらぎ》リョウに占《うらな》ってもらうと――。
「きみは、音楽の女神《めがみ》に愛《あい》されているね。
あすの午後四時ごろ、
校庭《こうてい》のビオトープの西がわに立って、
ビオトープを背《せ》にして目をつむり、
〝おんぷっぷ、おんぷっぷ〟と
五回となえなさい。音楽がふれば、
発表会《はっぴょうかい》はうまくいくでしょう」

ふん。これも、うさんくさいぞ。
「かおりちゃん、その通りに
してみたの。そしたら……」

ペチョッ――。
ランドセルに、なにかがはりついたように感《かん》じたそうだ。
あわてて見ると、オタマジャクシが三びきもくっついていた。

「音楽というのは、このことだったんだわ。わたしには、
音楽の女神《めがみ》がついてる！」
そう信《しん》じたかおりちゃんは、うまくひけそうな気がしてきた。
そして発表会《はっぴょうかい》の当日。一度《ど》もつかえることなく、みごとな演奏《えんそう》
をしたのだった。

「ありえねえ。魚よりもっと、ありえねえ。
空飛《と》ぶオタマなんて、聞いたことないぞ」
「音楽が空から聞こえてきたわけでもないから、
その占《うらな》いははずれだね」
そうだ、ムラチュー。
その調《ちょう》子《し》でもっと、
いってくれよな。
ところが――。
「……あ、でも、
そうかあ。
オタマを見たおかげで

発表会《はっぴょうかい》が成功《せいこう》したなら、
あたったといえるかな」
あっさり訂正《ていせい》した。
おいおい、いったい
どっちの味方《みかた》なんだ⁉
「でしょ。ビミョーにちがうけど、
占《うらな》いはたしかにあたったのよ！」
ユッカは、如月《きさらぎ》リョウの占《うらな》いを
信《しん》じてうたがわない。
「とにかくだ。『モモンガ新聞』は占《うらな》いの新聞じゃねえ！」
おいらが、たまりかねて大声を出すと――。

「だったら、こうしよ。あたしたちもなにか、占《うらな》ってもらうの。
それであたったら、新聞にのせる！　これでどう？」
「記者《きしゃ》としては、占《うらな》いがほんものかどうか、
調《しら》べないわけにはいかないね」
ムラチューがこたえた。
「どうせ、いんちきだ。すぐにわかるさ」
「じゃあ、決《き》まりね。占《うらな》ってもらうのは、
あたしの……あ、いや、えーと、
なににしようか？」
「ちょっくら待《ま》てよ」
おいらは左右の

人さし指《ゆび》を組み、おでこに
あて、トントンとたたいた。
こうすると、ふしぎと知恵《ちえ》が
わいてくるんだよな。
そして――。

ピロローン！
ひらめいたぞー。
雨、占《うらな》ってもらおうや

「雨——？」
「おう。
カラカラ天気のせいで、
学校農園《のうえん》の野菜《やさい》が
かれそうだからな。
占《うらな》いがほんものなら、雨ぐらい、

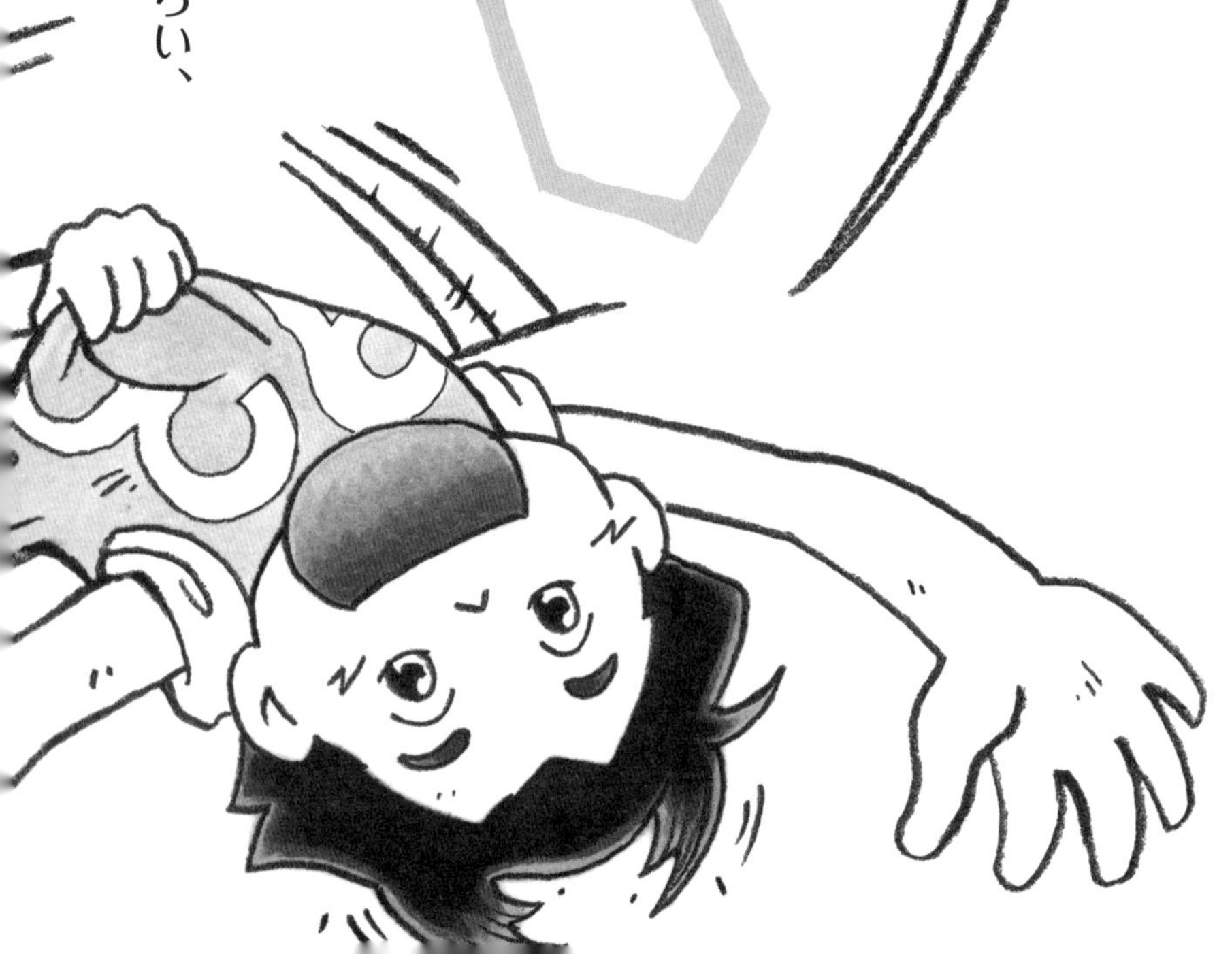

ちょちょいのちょいだろ」

「ぼくも、みんなのためになる占《うらな》いのほうがいいと思うな」

ムラチュー、えらい！

「それならそうしましょ。ムラチューはカメラわすれないでよ。リョウさま、ばっちりとってね」

なに？　ねらいはそっちかよ。

そんなやつ、ブサイクに写《うつ》せばいいんだ。

それにしてもユッカはさっき、自分のこととかいいかけたよな……まさか恋占《こいうらな》い？

如月《きさらぎ》リョウの占《うらな》い館《やかた》は、おしゃれなカフェの二階《かい》にあった。
ドアをあけると、うすぐらい部屋《へや》のまんなかにガラスのテーブルがあった。まどぎわに積《つ》んだ箱《はこ》の上には鳥の骨格標本《こっかくひょうほん》、かべには鳥の写真《しゃしん》が何枚《なんまい》もはってある。

白くてやわらかそうな羽毛《うもう》、青みかがった灰色《はいいろ》の羽根《はね》、ハンガーでつくった巣《す》みたいなものもあった。

あれえ、あの羽根《はね》、

どこかで見たような……。
たしか、コイには天使《てんし》の羽根《はね》が
ついていたとかいってたな。
もしかして、如月《きさらぎ》リョウが
ここで鳥の羽根《はね》をつけたコイを
つくり、高い木の上から
放《ほう》りなげたとか……。

いやいや、コイをラジコンヘリかなんかにくくりつけている
うちに、たまたま羽根《はね》がくっついて、そうとは知らずに……。
おいらには、この部屋《へや》にあるもの全部《ぜんぶ》があやしいと思えてきた。
それをたしかめようとすると――。

「いらっしゃい。なにを占《うらな》いましょうか」

長いかみの長身の男が、すずしげな声を出した。首には水晶玉《すいしょうだま》のついた金色のくさり、かたには細長い絹《きぬ》のマフラーのようなものをかけている。それでいてキザには見えない。

こいつだな、如月《きさらぎ》リョウは。……た、

たしかに、イケメンではあるわな。

ユッカはのぼせたように、

リョウに見とれている。

負《ま》けるもんか！

「どうすれば雨がふるのか、

占《うらな》ってくれよ！」

おいらは、思いきりでかい声でいった。

「雨……ですね」
如月《きさらぎ》リョウは右手をすっとのばして天井《てんじょう》を指《ゆび》さし、
二、三分、なにかをつぶやいた。
「見えました。きょうかあすの午後四時ごろ、
校庭《こうてい》のまんなかで西を向《む》いて立ち、
目をつむって
〝雨よふれ、雨よかえれ〟と
五回となえてください」
「それでふるのか？」

おいらがおどろくと、ユッカはほっぺを赤らめて、関係《かんけい》のないことをいった。

「友だちがリョウさんの大ファンなんです。写真《しゃしん》をとらせてくれませんか」

如月《きさらぎ》リョウがうなずくと、ムラチューは気のりしないかんじでシャッターをおした。

「料金《りょうきん》はいりません。ただし、占《うらな》いの結果《けっか》を書いた紙を、ドアの前の箱《はこ》に入れておいてください。——さて、これから百川《ももかわ》に出かけるので、おしまいにしてよろしいですか」

「はいっ！」。なにも考えられなくなったユッカが、すなおに答えた。

占《うらな》いの館《やかた》を追《お》いだされた
おいらたちは、その足で
校庭《こうてい》にむかった。
通学路《つうがくろ》のとちゅうにある
〝草とりニシキゴイ〟の田んぼには、
赤トンボが何びきも飛《と》んでいた。
これから山で夏をすごす
アキアカネたちだ。
すこし前まで
ヤゴだったのに、
時間のたつのは

早いもんだ。

遠くではサギが何羽《なんわ》か、えさをとっている。たぶん、アオサギだ。春によく見たアマサギにくらべると、ずっと大きい。

イネはすっかり大きくなり、田んぼには水がない。サギたちは赤トンボでも食べるのかな、とおいらは思った。

校門をくぐり、如月《きさらぎ》リョウにいわれた校庭《こうてい》のまんなかに着《つ》いたのは、四時五分前だった。

空は、まだ明るい。しかも雲ひとつなく、雨なんてふりそうもない。

バックネットのまわりでは、野球部《やきゅうぶ》の連中《れんちゅう》があとかたづけをしていた。

カラスが一羽《わ》横《よこ》ぎった。カアとひと声鳴いて、おいらたちをばかにしているようだった。

「やっぱり、なんか、おかしいよなあ」

「リョウさまの占《うらな》いなんだから、あたるに決《き》まってるわ！」

「あ、四時ちょうど
だぜ。とにかく、
あのおまじないだ」
雨よふれ、
雨よかえれ……。
目をとじて
おまじないを
となえ、頭の中では
ぶつぶつもんくを
いった。
すると――。

ぺちょっ。

なにかのかたまりがふってきたように感《かん》じたとき、ユッカとムラチューが同時にさけんだ。

「あたった！」「あたった！」

おいらはすぐに目をあけて空を見あげたが、なにもない。近くには、高い木もない。飛行機《ひこうき》やたこやラジコンヘリも見えなかった。

首をもどして二人を見ると、みどり色の物体《ぶったい》が二つ、目に入った。

一つはユッカのかた、もう一つはムラチューの頭の上だ。

「それ……アマガエルじゃねえか！」

「雨をふらせるおまじない、だったよね？」
と、ムラチュー。
「そうよ……あれっ？　もしかして、
これ……天使《てんし》の羽根《はね》じゃない⁉」

ユッカは、自分のかたにのった
アマガエルにはりつく羽根《はね》を見つけた。
おいらはそいつを手にとった。
「あっ、こっちにもついている」
ムラチューも自分の頭から
おろして、見つめている。
「青みがかった灰色《はいいろ》かあ。
天使《てんし》の羽根《はね》の色って
たぶん白だよなあ。
うーん、なにかおかしい。
なにか、ひっかかるなあ」

おいらは、如月《きさらぎ》リョウの占《うらな》いで指定《してい》された場所《ばしょ》をもう一度《ど》、おさらいした。

「悠太《ゆうた》とあかねちゃんが、コイがふるのを見たのは、校庭《こうてい》の東のかどにあるバックネットのあたりで……かおりちゃんはビオトープの西かどでオタマジャクシ……おいらたちは、その中間にある校庭《こうてい》のどまんなかでアマガエルをひろった……」

ぶつぶついっていると、ムラチューが、

「青みがかった灰色《はいいろ》の羽根《はね》……それがアマガエルにはりついていて……」

「そういえば、あかねちゃんの天使《てんし》の羽根《はね》も、こんな色だったような……

大事《だいじ》なお守《まも》りだからって、
かしてくれなかったけど……。
それにしても、今回の占《うらな》いの
結果《けっか》って……」
ユッカまで、ぶつぶつ仲間《なかま》に加《くわ》わった。
三か所《しょ》の現場《げんば》と羽根《はね》に共通《きょうつう》するのはなんだ?
コイ、オタマジャクシ、アマガエル……
この三種類《しゅるい》の生きものの関係《かんけい》はなんだ?
気がつくと、おいらの指《ゆび》はおでこを
トントンたたいていた。
そして――。

そうかあ、
わかったぞ！
ピロ、ローン！
ひらめいちゃったー！
恋《こい》の天使《てんし》のなぞ、
とろりととけたぞ！

頭にビビビッと、
なぞとき信号《しんごう》がつたわった。
「あたしも。このアマガエルを鳴かせて
雨がふれれば、大あたりだわ！
リョウさま、すごーい！」
「なにいってんだよ。〝リョウさま〟じゃ

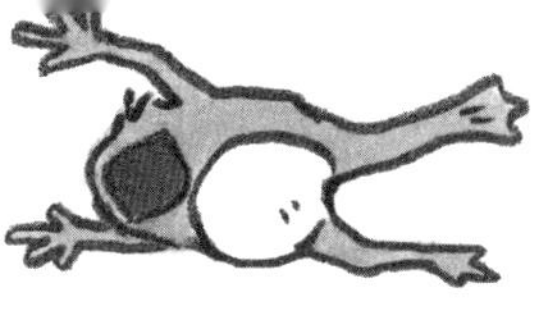

なくて、〝いかさま〟だ！」
「どうしてよ。
雨の使《つか》いのアマガエルが、
ちゃんとふってきたじゃない」
ユッカがむくれた。
これだから、『モモンガ新聞』には
おいらの力が必要《ひつよう》なんだ。
「いまから百川《ももかわ》に行くぞ！
あそこに答えをとくカギがある！」
うひうひ。このせりふ、
一度《ど》いいたかったんだ。

百川《ももかわ》につくと、河原《かわら》には、みどりと黒のまだらもようの服《ふく》を着《き》た男がいた。双眼鏡《そうがんきょう》でむこう岸《ぎし》をのぞいている。

「あれ……ひょっとして、リョウさま？」

服装《ふくそう》はちがうが、ついさっきまでいっしょにいた占《うらな》い師《し》・如月《きさらぎ》リョウにまちがいない。

「よーし！」

ポカンとしている二人をおきざりにして、おいらは全速力《ぜんそくりょく》でかけだした。

「恋《こい》の天使《てんし》の正体、見やぶったりー!」

と――。

バサバサバサバサ———ッ。

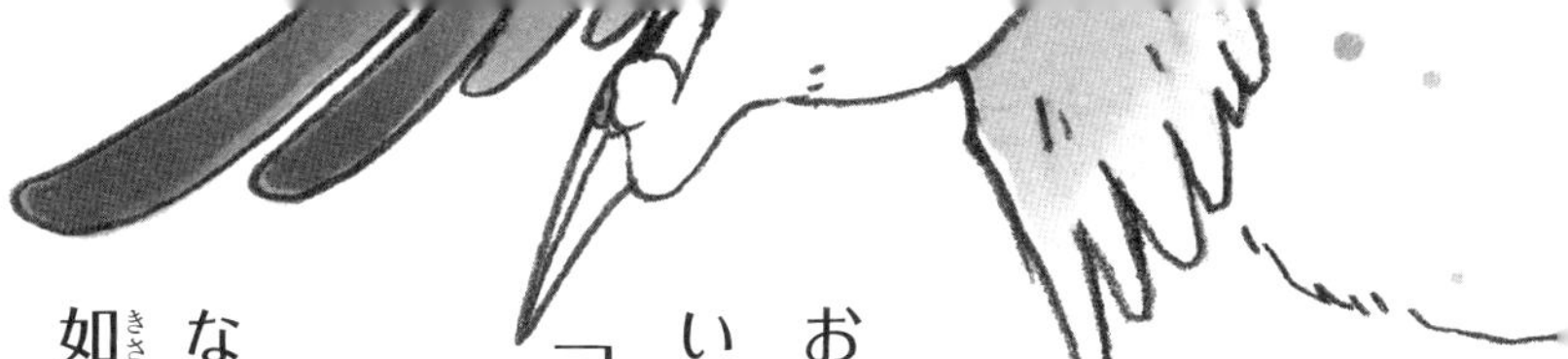

猛《もう》ダッシュのおいらに
おどろいたのか、大きな鳥が数羽《すうわ》、
いっせいに飛《と》びたった。
「アオサギだ！」
追《お》いついたムラチューがさけんだ。
ユッカは空に舞《ま》うアオサギと、
なにごとが起《お》きたのかとおどろく
如月《きさらぎ》リョウをこうごに見ている。

「こまるなあ、きみたち。観察《かんさつ》が台なしだよ」

如月《きさらぎ》リョウが、あきれたようにいった。

「なんだあ、いんちき占《うらな》い師《し》め！　天使《てんし》の正体は、アオサギだ！

田んぼと学校のバックネット、ビオトープ、校庭《こうてい》――それを結《むす》んだ先にあるのは百川《ももかわ》だ。ここはひなをそだてる場所《ばしょ》で、アオサギは〝草とりニシキゴイ〟の田んぼをえさ場《ば》にして、行ったりきたりしている。それでときどき、ひなに運《はこ》ぶはずの生きものを空から落《お》っことす。どうだ、大あたりだろ！」

チョー、気分いーい。二人とも、おいらの名解説《めいかいせつ》、聞いてくれたか。

……と思ったら、おせっかいにも
ムラチューが口をはさんだ。
「そうだ。オタマジャクシが各地《かくち》で
ふってきたというニュースを思いだしたよ。
それに、アオサギはそそっかしくて、
くわえたえさを飛《と》びながら落《お》とすことが
あるという報告《ほうこく》もね。空からふってきたのは
全部《ぜんぶ》、田んぼの生きものだったし、コイと
カエルには羽根《はね》がついていた。オタマにだけくっついて
いなかったのは……たぶん、小さかったからだと思うな」
すると――。

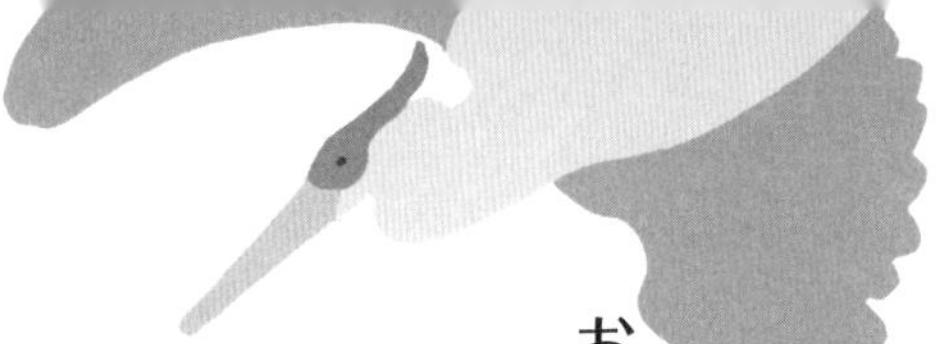

「おそれいったなあ。きみたちの推理《すいり》はすごいよ」
ん？　如月《きさらぎ》リョウが……おいらをほめてる？
とまどっていると、ムラチューがまた、
おいらのせりふをうばった。
「あなたは、アオサギがえさを運《はこ》ぶために
飛《と》ぶコースと通過《つうか》する時間、その時期《じき》の
食べものから占《うらな》っていたんですよね？
あの田んぼにはいま、水がない。
ニシキゴイは水を落《お》とす前に農家《のうか》が
とりあげたし、オタマジャクシには
とっくに手あしが生えた。だから、いま

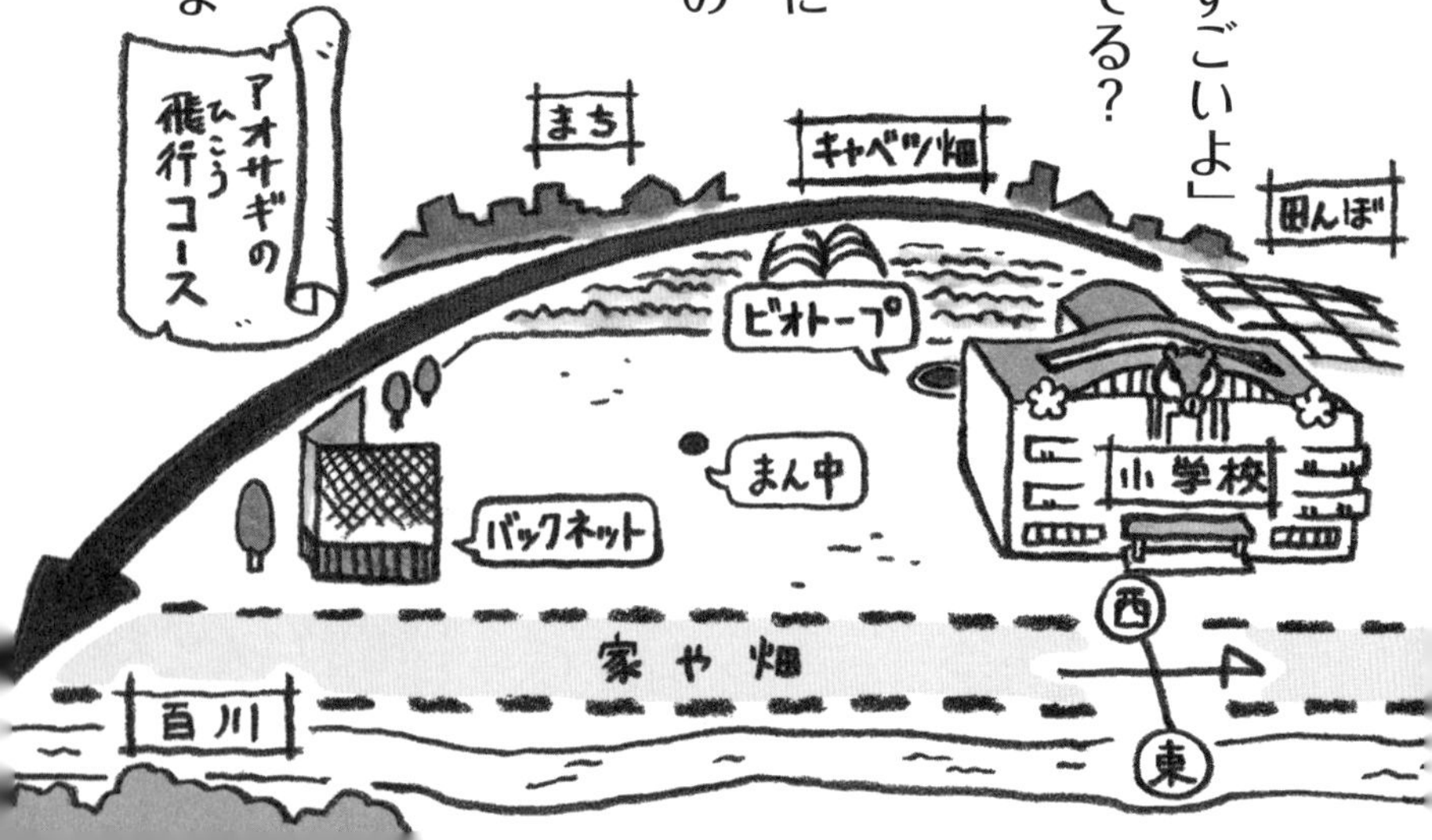

えさになるのは、アマガエルと赤トンボくらいだ」
リョウはムラチューの話についてはなにもいわずに、
「ぼく、ほんとは鳥類学者《ちょうるいがくしゃ》なんだ。占《うらな》いは、
アオサギの研究《けんきゅう》データをあつめるため
だったんだよ。調《しら》べたことがどこまで
正しいのか、小学生にそれとなく
協力《きょうりょく》してもらおうと思ってね。ぼくの
予想《よそう》はあたったし、占《うらな》いにきた子たちも
よろこんでくれた……いいことばかりだろ？」
「そんなことないわよ！」
どうしたのか、ユッカがとつぜん、キレた。

「じゃあ、あれは天使《てんし》の羽根《はね》じゃないの?
恋《こい》のお守《まも》りに
ならないじゃないの!」

天使《てんし》も恋《こい》も特集《とくしゅう》もダメになったとわかり、ユッカがカンカンだ。

だから、天使《てんし》の羽根《はね》なんてはじめから、ありっこないっていっただろ。そもそも、ユッカはイケメンに弱すぎるんだ。

と――。

「それにしても、きみにはほんとうに感心《かんしん》したよ。ぼくの助手《じょしゅ》にならないか。きっと、いい研究者《けんきゅうしゃ》になれるよ」

「お、おいらが……鳥類学者《ちょうるいがくしゃ》!?」

悪《わる》い気はしないけど、イケメンの
助手《じょしゅ》じゃあ、もてないかもなあ。
……なんて考えていると、
「ねえ、きみ。どうだろう、
本気で考えてみないか？」
そういって如月《きさらぎ》リョウが、
ムラチューの手をとった。
な、なな、なんだあ！

ユッカはなにがおかしいのか、
くすくすわらいだした。
お、おいらじゃなくて
ムラチューだったとは……！
こんなのあり？
おいらは、やけくそになって、
大声でさけんだ。
「イケメンも、占《うらな》いも、
アオサギも、みーんな
大っきらいだーー！」

百川《ももかわ》のサギたち、
鳴くと、
うるさいんだよな
サギの語源《ごげん》は
「さやぐ
（さわがしい）」
だという説《せつ》も
あるからね

アオサギ

・青みがかった灰色《はいいろ》をしていて、頭にかざり羽がある。
・全長《ぜんちょう》は90センチメートルぐらいで、羽を広げると1.5メートルにはなる。
・木の上に集団《しゅうだん》で巣《す》をつくり、子《こ》育《そだ》てをする。

カマイタチの怪《かい》

おいらは編集部《へんしゅうぶ》で、次《つぎ》の『モモンガ新聞』で使《つか》う写真《しゃしん》を

ムラチューと選《えら》んでいた。

そこへ――。

「たいへん、たいへーん！」

ユッカが、青い顔をしてとびこんできた。

どうせまた、ひとさわがせなネタなんだろうな。

「なにかあったの？」

無視《むし》すりゃいいのに、ムラチューがたずねた。ほんと、ひとがいいんだ。

「カブト森に、妖怪《ようかい》があらわれたわ！」

そいつがあらわれたのは、
きのうのことらしい。
第一発見者《だいいちはっけんしゃ》は、四年一組の
中川伊代《なかがわいよ》ちゃんだという。

「伊代《いよ》ちゃんは、カブト森のふちを通って、
いつものように学校にむかっていたの。
ねぼうしたから、すこしいそぎ足でね」

あわてていたせいか、伊代《いよ》ちゃんは、
切りかぶにつまづいて、ころびそうに
なった。

と、そのとき。風がとつぜん、ビューッ
とふいて、木のえだがザワザワーッと
さわぎだし、

目の前にポトンとえだが落《お》ちてきた。
！

「――でね、それをひろってみたら、ナイフで切ったみたいにスパッと切れていたのよ！　これがそのえだ！」

ユッカは、しょうこのえだをさしだした。

「だけど、それでどうして、妖怪《ようかい》だってわかったの？」

ムラチューがたずねた。

「じつは、こういうことなの」

　伊代《いよ》ちゃんはクラスの男の子たちに話した。するとだれかが
「妖怪《ようかい》カマイタチのしわざだぜ」

といい、それを聞いた何人かが
「やっぱりそうか。おれなんか、ズボンを切られた」

「あっ、おれもだ！」となったらしい。

「それを早くいえよな」

　つい、口にしたのがまずかった。

「だからこうして、情報《じょうほう》のアンテナが低《ひく》いあんたたちに話して

いるんじゃないの!
それでも記者《きしゃ》なの!」
いけねえ。
おこらせちゃったな。
――と。
「それにしても、
カマイタチだなんて、
ずいぶん古《ふる》い妖怪《ようかい》だね」
ムラチューが
つぶやいた。

カマイタチは、
イズナとかカザカマ
ともいわれる
妖怪《ようかい》なんだよね。
イタチにそっくりで、
両手《りょうて》はかまのように
するどく、
つむじ風にのってきて、
人でも木でも、
バサッと切りつける。
それなのに、
切られた本人は
気づかないんだって。

「情報《じょうほう》はまだあるの。心配《しんぱい》したお母さんたちが校長先生の
ところにきて、『切りさき魔《ま》かもしれない。学校でも
注意《ちゅうい》してほしい』って、たのんでいったそうよ」

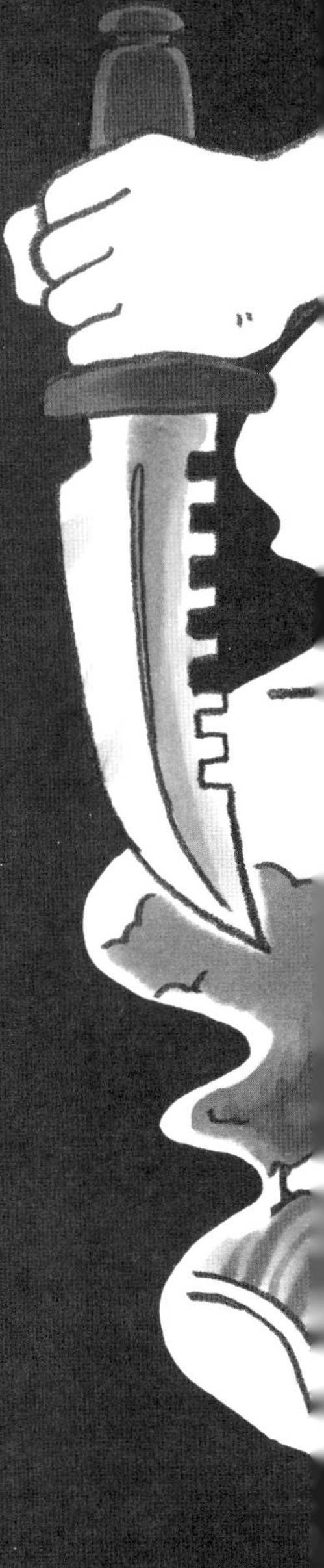

くやしいけど、ユッカの情報《じょうほう》はたしかに早い。

「だけどなあ、パトロールなんかされたら、森で自由にあそべないぜ」

「うん。虫も、とりにくくなるし……」

「そんな心配《しんぱい》より、まず現場《げんば》よ。行くわよ！」

それ、おいらがいおうとしていたせりふなのにな……。

編集部《へんしゅうぶ》のドアを元気よくあけたユッカにつづき、ムラチューとろうかにとびだした。

「やあ、どうかしたのかね？」
となりの校長室から出てきた、衣田《きぬた》校長と出くわした。
ユッカがカマイタチのことをかんたんに話し、
しょうこのえだを見せた。

校長先生はえだを手にとって目を大きく見ひらき、じっと見つめてから、なっとくしたような表情《ひょうじょう》になった。

おいらは、むねをはっていった。

「いまからカブト森に行って、妖怪《ようかい》をスクープするんだ」

「ほほう、たのもしいね。お母さんたちも心配《しんぱい》されていることだし、妖怪《ようかい》バスターズのしょくんも無茶《むちゃ》はしないように」

「はい！」

で、妖怪《ようかい》バスターズってなんだっけ？

「妖怪《ようかい》をやっつける人たちのことだよ。英語《えいご》でいうなんて、校長先生、意外《いがい》とおしゃれだね」

ムラチュー、ありがとさん。

カブト森にきて、おどろいた。
ひがいは、森のふちだけではなかったのだ。
カブトムシがよくとれる「おばけクヌギ」の
がけっぷちに行くまでに、木のえだがいくつも
落《お》ちていた。
道みち、えだをひろいあつめた。
ほとんどがコナラとクヌギだ。まだ青いドングリが
くっついている。

風は、まったくふく気配《けはい》がない。
「このままじゃあ、カマイタチのしっぽも
写真《しゃしん》にとれそうにないね。
あたし、切られたズボンかりてくるわ」
ユッカはそういうと、自分がつむじ風であるかのように
ピューッとかけていった。

編集部《へんしゅうぶ》にもどったおいらとムラチューは、
コナラのえだを前にうでぐみしていた。
ほんとうに、カマイタチのしわざか？
スパッと切れたえだはたしかにふしぎだが、
いまひとつ、はっきりした手ごたえがない。
そこへ――。
「たいへん、たいへんへん！
怪人《かいじん》ゴキカムリも動《うご》きだしたよ！」
ユッカがとびこんできた。
右手にはひざのあたりが切れた
ズボン、左手には紙をにぎっている。

「どういうこと？」
ムラチューが聞く。
「見てよ、これ！」
ユッカがさしだした紙には――。

もののけの森にて、
空をあおげば、きりが動《うご》く。
鋼《はがね》のかるわざ師《し》は玉あやつりて、
光の玉にいのちを宿《やど》す。

叉をよく見るべし。
さける口には気をつけるべし。
——怪人《かいじん》ゴキカムリ

どこにあった?
編集部《へんしゅうぶ》の前のろうかよ。こんなふうに、くるくるっと巻《ま》いて……
ユッカは、紙をひろったときの状態《じょうたい》にもどした。
怪人《かいじん》ゴキカムリは、以前《いぜん》にも挑戦状《ちょうせんじょう》を送《おく》ってきたことがある。
この形、どこかで見たような……

カマイタチだけでたいへんなのに、ゴキカムリもかよ
あれっ。ちょっと待《ま》って——

料金受取人払郵便

神田支店承認

2277

差出有効期間
平成24年2月
29日まで

郵便はがき

101-8791

507

東京都千代田区西神田3-2-1
あかね書房愛読者係 行

ご住所	〒□□□-□□□□ 都道 府県		
TEL	(　　　)	e-mail	
お名前	フリガナ		
お子さまのお名前	フリガナ		
小社の図書目録を　（希望する・希望しない）			

本のご注文は、このハガキをご利用ください。

ご注文の本は、ブックサービス（宅急便）により１週間前後でお手元にお届けします。本の配達時に、合計定価1500円未満は【合計定価＋手数料200円＋送料300円】を、合計定価1500円以上は【合計定価＋手数料200円】をお支払いください。
小社ホームページ（http://www.akaneshobo.co.jp/）でもご注文をお受けします。

《購入申込書》

書名	定価	円	冊
書名	定価	円	冊
書名	定価	円	冊

ご記入いただいた個人情報は、目録や刊行物のご案内、ご注文の本をお送りするのに利用し、その他の目的には使用いたしません。また、個人情報を第三者に公開することは一切いたしません。

愛読者カード

ご愛読ありがとうございます。今後の出版企画の参考にさせていただきますので、お手数ですが、皆様のご意見・ご感想をお聞かせください。

この本の書名

年齢・性別　（　　　　）歳　　男・女

この本のことを何でお知りになりましたか？
1. 書店で（書店名　　　　）　2. 広告を見て（雑誌名　　　　）
3. 書評・紹介記事を見て　4. 図書室・図書館で見て　5. その他（　　　　）

この本をお求めになったきっかけは？（○印はいくつでも可）
1. 書名　2. 表紙　3. 著者のファン　4. 帯のコピー　5. その他（　　　　）

お好きな本や作家を教えてください。

この本をお読みになった感想、著者へのメッセージなど、自由にお書きください。

ご感想を広告などで紹介してもよろしいですか？　（はい・匿名ならよい・いいえ）

ご協力ありがとうございました。

もののけって、妖怪《ようかい》のことだよね。いま話題《わだい》になっている妖怪《ようかい》といえば……カマイタチだ！ということはそれ、カマイタチのなぞについての手紙かもしれない
そうかあ！
かるわざとか玉とかわかんないことだらけだけど、とにかく〝もののけの森〟のカブト森で、空を見あげてみるか
そうね。やっぱり現場《げんば》よね！
ユッカもさっそく、はりきりだした。よーし、あとはカブト森に着《つ》いてからだ。

カブト森には、おいらたちが集《あつ》めた
木のえだがそのままになっていた。
それよりも、なぞときだ。
とはいっても、
むずかしいぞ。
「空を見たって、きりなんて、
出てきそうもないなあ」
「もしかして、植物《しょくぶつ》の
キリのことかもね」
「サーカスなんかで見る、
かるわざ師《し》もいないし……」

「それに、なんで鋼《はがね》なんだ？」
「鋼《はがね》って、刃物《はもの》なんかを
作る鋼鉄《こうてつ》のことだから、
カマイタチのかまと
関係《かんけい》あるんじゃない？」
「光の玉にいのちが宿《やど》る……？
うーん、空に光る玉なんて
ないでしょ」
あれこれいいながら、三人で
首がいたくなるほど空を見た。
すると——。

「このドングリ、あながあいてるわ!」

さっき集《あつ》めて積《つ》んでおいた木のえだにくっついているドングリを見て、ユッカがさけんだ。

そんなの、よくあるだろうに――。

と思って顔をむけると、えだの山の中からハナムグリがはいだしてきて、ドングリのあなに口をつっこもうとした。

ん?　ちょっと待《ま》てよ。

おいらは指《ゆび》を組んで、おでこにくっつけた。

なんか感《かん》じるんだけどなあ……。

ハナムグリは甲虫《こうちゅう》で……甲虫《こうちゅう》にはかたい甲《こう》らがある……

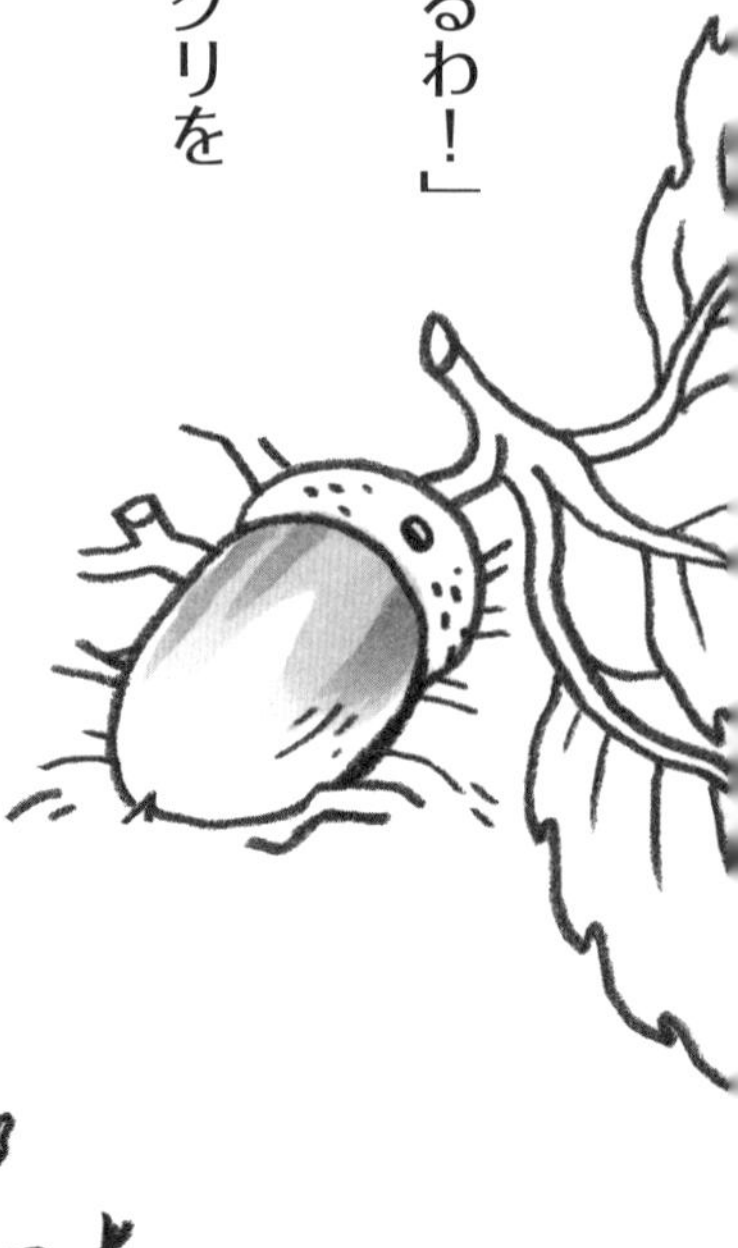

だから甲虫《こうちゅう》なんで……ドングリにあなをあけたやつがいるってことは……かたいものがないとあけられなくて……。

そうかあ！　そうなんだよな！

「ピロローン！　カマイタチの
居場所《いばしょ》がわかったぞー！」

ユッカとムラチューは、
きょとんとしている。

「おいら、ちょっくら先に、
おばけクヌギのところに行くぜ」

ふふふ、気分いいよなあ。

おばけクヌギの幹《みき》からは、きょうも樹液《じゅえき》が出ていた。

この木は、がけのとちゅうから、ぐにゃりと曲《ま》がったようにして生えている。それでいつからか、「おばけクヌギ」とよばれるようになったらしい。

株《かぶ》もとの岩《いわ》はつるつるしていてすべりやすいが、ちょっと手をのばせばカブトムシがとれる絶好《ぜっこう》の採集《さいしゅう》ポイントだ。

おいらがこずえを見上げて
いるところへ、二人が追《お》いついた。

「ここって、近づくなといわれているきけんな場所《ばしょ》でしょ？」

先生か母親《ははおや》みたいに、ユッカがいう。

「おう。足をすべらせて、けがをするやつが多いところだ」

そう説明《せつめい》してから、ひと息《いき》つき、声をひそめた。

「だからここに、カマイタチがかくれている」

いやあ、われながら、カッコいい。

そして——。

「さっき、すがたを見た。

そっちへにげるかもしれないから、気をつけるんだぞ」

そういっておいらは、おばけクヌギの太いえだにしがみついた。

「いた！　すぐそこだ……あとすこしで、しっぽがつかめそう……」

そこまでいったときだった。

「あわわわー!!」

バサバサッ。
ガサガサ、
ザワザワザワーッ。
どっしーん！

「クマグスがカマイタチにやられた!!」
ユッカのさけぶ声だけが耳にのこった。

気がつくと、おいらは
がけの下にいた。
二人が、心配《しんぱい》そうに、
のぞきこんでいる。
けがはないよなあ……。
と思ったしゅんかん。
「ズボンが切られてる！」
ユッカが、かんだかい声を
あげた。
右ひざのあたりが、カッターで切ったようにさけていた。
「平気だ。カマイタチも、おいらには勝《か》てなかったようだぜ」

ズボンのやぶれなんて気にせず、ぎゅっとにぎったままの右手をさしだした。

「カマイタチのしっぽだ。見なおしただろ?」

そういって、ゆっくり手をひらくと……。

「どうしたの?　なにもないじゃないの」

ユッカがポカンとしている。

おっ?　そ、そんなバカな!

と思って見なおすと——。

ちいさな虫がもぞもぞと、はいだしてきた。

「そうか。これがカマイタチの正体だったんだね」

ムラチューがうれしそうにいった。

「こ、これ……が⁉」

きりのように長いくちを持つ、体長1センチ足らずの、オトシブミの仲間《なかま》、ハイイロチョッキリだ。

ユッカは信《しん》じられないという表情《ひょうじょう》で、じっと見つめている。

「きりというのは、天候《てんこう》の
きりでも植物《しょくぶつ》のキリでもない。
大工道具《だいくどうぐ》のきりのことだったんだ」
おいらが説明《せつめい》すると、
ムラチューが感心《かんしん》して、
「そうか。そのきりもあったんだあ」
「——だろ。そして、
きりのような口で木の上の方にある
青いドングリを選《えら》んであなをあける
生きものとくれば、
ハイイロチョッキリにちがいないとにらんだんだ」

あなをあけたハイイロチョッキリは
そのあと、そこにおしりをつっこんで
産卵《さんらん》する。つまり、〝光る玉〟は
つやつやして青いドングリで、
卵《たまご》を産《う》むことを〝いのちが宿《やど》る〟と
表現《ひょうげん》した——

そして卵《たまご》を産《う》んだあとは
えだを切りおとす。
手紙にあった〝鋼《はがね》〟というのは
甲虫《こうちゅう》であるハイイロチョッキリや
オトシブミのかたい背中《せなか》を
あらわしたものだったんだ

「な。これで〝文をよく見ろ〟の意味《いみ》がわかっただろ」

「えっ……??」

ユッカはまだポケーッとしている。

ムラチューが続《つづ》けていった。

「手紙が丸く巻《ま》いてあったのは、ぼくたちにオトシブミのことを連想《れんそう》させるためだったんだ。

むかしの人は、巻《ま》きものをわざと落《お》として、さりげなく読んでもらったらしいよ。

その手紙は〝落《お》とし文《ぶみ》〟と呼《よ》ばれた」

「へえ……」

「つまりだ。〝編集部《へんしゅうぶ》の前のろうかに落《お》とした手紙の形をよく見て内容《ないよう》から推理《すいり》しろ〟って意味《いみ》だったんだ」

「なるほどね。でもさあ、この虫が犯人《はんにん》だったら――」

「──ズボンはどう？　まさか、こんな小さな虫に、そんなことまではできないでしょ？」

「あ、それな。がけから落《お》ちるとき、運《うん》が悪《わる》いと切れちゃうんだよなあ」

「手紙にあった〝さける口には気をつけるべし〟は、つるつるした岩《いわ》ですべってズボンを切ったりけがをしたりしないように──と

注意《ちゅうい》してくれたのかも
しれないよ」
「へえ。ゴキカムリって、
やさしい怪人《かいじん》かも
しれないわね」
じょうだんじゃねえ。
——と思ったそのとき、
ユッカが大声でさけんだ。
「あーっ!!」

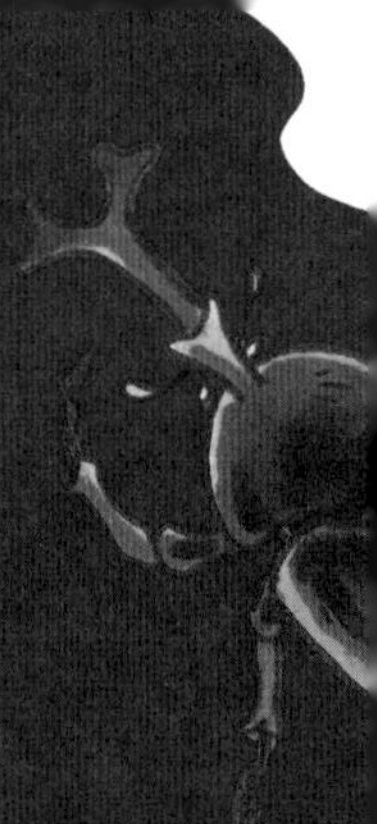

「わかった！　あの子たち、カブトとりで
ズボンがやぶれたのをかくすために、
カマイタチの話をつくりだしたのね。
……つまり、『モモンガ新聞』の
編集長《へんしゅうちょう》であるこのあたしに、ガセネタを
つかませたってわけ!?」
そこまでいうとユッカは、急《きゅう》に元気をなくした。

ん？　どうしたってんだ？
こんなユッカ、見たことないぞ。ちょっと心配《しんぱい》になった。
すると──。

「ゴキカムリもなによ。
あたしより早耳だなんて、
記者《きしゃ》のプライドがゆるさないわ！」
こんどはとつぜん、おこりだした。
たしかに、ゴキカムリのなぞは
深《ふか》まるばかりだ。ユッカより
早く情報《じょうほう》を仕入《しい》れるなんて、
いったいどんなやつなんだ？
だけど、そんなことより、
落《お》ちこんだりおこりだしたりして、
おいらたちまで巻《ま》きこむなよ。

おいらはムラチューに
目くばせして、ひとしばいうった。
「あっ、あそこ。
あやしい影《かげ》が見えたぞ！」
「ほ、ほんとだ！
ゴキカムリかもしれない!!」
おいらたちはほんとうに
だれかを追《お》いかけるふりをして、
いまもっとも〝きけん〟な
その場《ば》から、にげだした。
ユッカ、バイバーイ！

カブト森は
このごろ、
「カマイタチの森」とも
よばれているらしいぜ

情報《じょうほう》が古いわ。
いまじゃ、
「カマイタ森」って
略《りゃく》されてるわよ！

ハイイロチョッキリ

・オトシブミ科《か》の甲虫《こうちゅう》で、体長は
1センチメートル足らず。
・長いくちを使《つか》ってドングリの
〝ぼうし〟にあなをあけ、卵《たまご》を産《う》む。
・産卵後《さんらんご》のえだをチョキンと切りおと
すため、「チョッキリ」というらしい。
・成長《せいちょう》した幼虫《ようちゅう》はドングリから出て、
土の中でさなぎになる。

黄と黒のきょうふ

『モモンガ新聞』に、
〝緊急《きんきゅう》手配《てはい》〟の記事《きじ》をのせた。
学校花だんが、だれかに
あらされていたからだ。

緊急《きんきゅう》手配《てはい》!!
犯人《はんにん》はだれだ?!
モモンガ新聞
おしらせ
じけんの
もくげきしゃ
もとむ!
沢田まで。
おうちに
タネがあるひとは
わけてください
草花係。
あらされた花だん。

図書館《としょかん》のうらの花だんが、あらされた。苗《なえ》がふんづけられ、じょうろが校庭《こうてい》にすててあった。ひびが入っているから、もう使《つか》えそうにない。
いつも熱心《ねっしん》に水をやっていた草花《くさばな》係《がかり》は
「ぜったいにゆるさない！」
とカンカンにおこっている。

すててあったジョーロ。(ひびが!)
草花係はおこってるぞ!!

事件《じけん》についてのコメント!!
〈草花係5年生〉
みんなでおせわしていたのにヒドイ。あやまってほしいね。
〈校長先生〉

「たいへーん！　大いそぎで、花だんにきてよー！」

編集部《へんしゅうぶ》のまどの外で、ユッカがさけんだ。

かけつけると、四年一組の剛史《つよし》と三組の純《じゅん》がにらみあっていた。

剛史《つよし》のあだ名は「ゴリゴン」。学校一のらんぼう者《もの》だ。

「やめてよ……お花が、かわいそうだ……」

犯人《はんにん》はゴリゴンのようだ。

「もんくあるか！」

ゴリゴンがほえた。

そのときだ。

「やめなさいよ」

おせっかいなことに、ユッカが前に出た。

あいつ、正義感《せいぎかん》だけはやたらと強いからなあ。

「へっぽこ新聞はだまってろ。おまえか、あんな記事《きじ》を書きやがったのは！」

「いったわね。……だったら、純《じゅん》くんと勝負《しょうぶ》しなさいよ。

勝《か》てなかったら、
二度《ど》と花を
いじめないこと、
へっぽこ新聞って
いったことを、
みんなの前で
とりけすのよ！」
知らねえぞ。
ユッカを
おこらせたな。
と思っていると――。

「おもしれえ。純《じゅん》だけじゃ、弱すぎて勝負《しょうぶ》にならん。へっぽこ記者《きしゃ》三人もまとめてきやがれ」
「おあいにく。あんたの相手《あいて》なんて、純《じゅん》くんひとりでじゅうぶんよ」
ゴリゴンはそっぽをむき、口ぶえをふいている。
あいつー、もう、頭にきたぞ。
「勝負《しょうぶ》はあした、〝生きもののハウス〟のうらで
どうだ。こわくなって、
にげだすなよ！」

おいらの口が
かってに動《うご》いた。
ユッカは鼻《はな》から
息《いき》をふきだし、
ムラチューは
どうすればいいのか、
こまったような顔をした。
「おもしれえ。
受《う》けてやるぜ」
ゴリゴンは、
すてぜりふをはいて教室にもどった。

「ぼ、ぼく……ぜったいに勝《か》てないよ」

純《じゅん》はふるえていた。

「じゃあ、お花がいじめられてもいいの？」

「いやだ！　でも……いや……

じゃあ、みんなも協力《きょうりょく》してくれる？」

「もちろんよ。へっぽこ新聞だなんて、
ぜーったいにゆるせない！

ギャフンといわせて、反省《はんせい》した記事《きじ》を
のっけてやるわ」

「だけどなあ、なんか考えあんのか？」

おいらがたずねると、

「なにいってるの。考えるのはクマグスの役目《やくめ》でしょ」
はあ？　こいつ、自分でいいだしといて……。
しょうがない。考えるか。
おいらは左右の人さし指《ゆび》を
組んで、おでこにあてた。
トントントンと
たたいていると……
おおっ……
きたきたきたー。

「ピロローン！　ひらめいたりー！　純《じゅん》がぜったいに勝《か》てる勝負《しょうぶ》にすればいいんだ」

「そんなうまい手があるの？」

ふふふ。聞いておどろくなよ、ってんだ。

「ユッカは、これを調《しら》べてくれ」

おいらはユッカの耳元で、ごにょごにょと話した。

「えーっ、そんなことあるかなあ」

それを無視《むし》して、

「ムラチューは、丸太さがしだ。カミキリムシがとまっている木の近くをさがしてくれ」

「カミキリ？」

「ああ。っていうのは……」

おいらはまた、ごちょごちょと耳うちした。

「わかった。それならまかせてよ」

「二人ともたのんだぜ。おいらは
知りあいのブドウ園《えん》に行ってくる」

「……えーと、ぼくはなにをしようか」

すっかりわすれていた純《じゅん》がぼそっといった。

「まだいい。あとで教えっから。

じゃあ、四時にまた、ここでな」

ブドウ園《えん》からもどると、ムラチューと純《じゅん》が待《ま》っていた。

「丸太あったよ。軽《かる》いから、らくらく持《も》てちゃった」

と、ムラチュー。そこへユッカがかけこんできて、

「クマグスのいう通り、ウラがとれたわ。ゴリゴン、ほんとはすんごい、こわがりなんだって。だからぎゃくに、強がってらんぼうしているのよ」

さすが、ユッカだ。でも、
いまはほめないぞ。
また調子《ちょうし》にのるからな。
「クマグス、そっちは？」
「ばっちりだ。
たのしみにしてなって」
一人だけキョトンとしている
純《じゅん》にむかって、おいらはいった。
「正義《せいぎ》の新聞と花だんをまもるため、
特別《とくべつ》な任務《にんむ》をあたえる。
主役《しゅやく》なんだから、うまくやってくれよな」

あくる日――。

生きものハウスのうらには、見物人《けんぶつにん》がたくさん集《あつ》まっていた。先生には、みんなで手わけをして小屋《こや》のそうじをする、といってある。

対決《たいけつ》する二人があらわれた。

ゴリゴンは、両手《りょうて》をポケットにつっこんでいる。

「はじめるよ。うらみっこなしの
一本勝負《しょうぶ》！　まずは、かたならしに――」

そういってユッカが指《ゆび》さす先に、丸太が何本かあった。ムラチューがひろってきた一本と、セキセイインコの巣箱《すばこ》をかけるのに使《つか》った木の残《のこ》りだった。

「純《じゅん》くんがほんとはどれだけ強いのか、みんなに見てもらうわ。そのほうが安心《あんしん》して見ていられるでしょ」

あたりがざわついた。

純《じゅん》はしずかに前に出て、ムラチューがひろってきた丸太の前に立った。

丸太の直径《ちょっけい》は約《やく》二十センチ。

小がらな純《じゅん》にはとても割《わ》れそうもない。

純《じゅん》は深呼吸《しんこきゅう》をして、こぶしに息《いき》をふきかけ、大きくふりかざした。

すると――。

バキッ！

気持《きも》ちのいい音をたてて、丸太はまっぷたつに割《わ》れた。

「おおーっ!!」

まわりから、大きなおどろきの声があがった。

そのしゅんかん。ゴリゴンのかたがビクッとふるえた。

それでもゴリゴンは強気で、

「なんだよ、そんなもん。おれだって、割《わ》ってやらあ」

べつの丸太の前に進《すす》みでると、げんこつをつくり、丸太のどまんなかを思いきりたたいた。

トン——。

丸太からにぶい音が聞こえたと思うと、

「いて、いててて……」

ゴリゴンが手をおさえながら、とびはねた。

ピピッ――。
ムラチューのカメラのピントが合った。
むふふ。まずは予定《よてい》通りだ。
見物人《けんぶつにん》のあいだから、わらい声がもれてきた。
純《じゅん》がはじめて、ほほえんだ。

「よしっ。ほんとの勝負《しょうぶ》、いくぜ！」
おいらはそう宣言《せんげん》して、
大きなふくろを持《も》ちだした。
ユッカがプリプリしながら、
みんなには聞こえない声でつぶやいた。
「作戦《さくせん》だからって、
あたしとムラチューにまで
ないしょにしておくなんて――」
まあ、見てなって。
おいらはふくろの中から、
プラスチックの飼育《しいく》ケースをとりだした。

すると——。

「わー!」

見物人《けんぶつにん》がとつぜん、さわぎだした。

ケースには、ボールが二つ。そしてそのまわりでは、黄と黒のしまもようの虫が五ひき、はねをふるわせていた。

「スズメバチだ!」

「うそーっ!」

「さされちゃうよー!」

そんな声が次《つぎ》つぎに上がり、たたかう二人をおびえさせた。

よしよし。きょうふ効果《こうか》、ばつぐんだ。

ユッカもムラチューもおどろく中で、おいらだけ笑顔《えがお》を見せた。

「かんたんな勝負《しょうぶ》だ。この中のボールをとりだしてくれよ」

とどめをさすように、おいらがいった。

純《じゅん》はひたいに手をあて、スズメバチを見ないようにして、そろそろと近づいた。

そして――。

「ぼ、ぼく、あとにしてくれない……」

半分べそをかいたような顔つきで、おいらにたのんだ。

こいつ、ひょっとして本気でこわがってないか——。

「しかたがない。じゃあ、ゴリゴン、先にやれよ」

「ば、ばか、いうな。そいつができるのを見てからだ……」

「そうかあ、ゴリゴンは平気だもんな。じゃあ、純《じゅん》。どきょうのあるところを見せろよ」

純《じゅん》は観念《かんねん》したようにうなずき、ケースのふたをあけて、手をさし入れた。

と——。

「おーっ！」
おどろきの声が上がった。
スズメバチがすぐさま、
純《じゅん》の手にとびのったのだ。
どこをさそうか、場所《ばしょ》を
さがしているように見える。

それでも純《じゅん》はボールをつかんだ。
いいぞ。よし、いけ！
純《じゅん》はブルブルッと手をふるってハチを落《お》とし、ボールを無事《ぶじ》、
とりだした。

「すごーい！」

「純《じゅん》くん、カッコいーい！」

拍手《はくしゅ》がわいた。

「さあ、次《つぎ》はおまえの番だぜ！」

おいらの声にびくっとしたゴリゴンだったが、それでもおそるおそるケースに近づいた。

それからしばらく、体がかたまったように動《うご》けなかった。

しかし、ついに意《い》を決《けっ》して、ケースのふたをあけた。

すると、入口にいたハチがケースからとびだし、ゴリゴンの手にとまった。

「わ、わ、わーっ！」

ゴリゴンはあせとなみだの

まじった顔で、しきりにうでをふっている。

ところがハチはよけいに強くしがみつき、なかなかはなれない。

「か、かんべんしてくれー！」

「ゴリゴンが泣《な》いたぞ！」

だれかがいった、そのときだ。

純《じゅん》がゴリゴンに近づき、さっと手を出した。

ゴリゴンがビクッとして、目をつむると――。

「ほら、もうだいじょうぶだよ」
純《じゅん》はハチを手づかみにして、
ゴリゴンに見せた。
純《じゅん》のやつ、カッコよすぎるぜ。
「お、おれが悪《わる》かった。純《じゅん》にも、
モモンガ新聞にも、あやまるよー！」
泣《な》きべそをかいたゴリゴンは、それだけいうと校舎《こうしゃ》にむかって
かけだした。

「ありがとう」

純《じゅん》がはればれとした表情《ひょうじょう》でいった。

「ま、おいらの実力《じつりょく》はこんなもんよ」

と、得意《とくい》になると——。

「どういうことよ、これ!?」

ユッカがこわい顔をした。

そうか。説明《せつめい》してなかったからだ。まずかったかなあ……。

するとこんどは、ハチをまじまじと見ていたムラチューがうれしそうにいった。

「わかったよ、クマグス。これ、ブドウスカシバだね」

「スズメバチに擬態《ぎたい》したガの一種《いっしゅ》だ。ハチのふりをしている

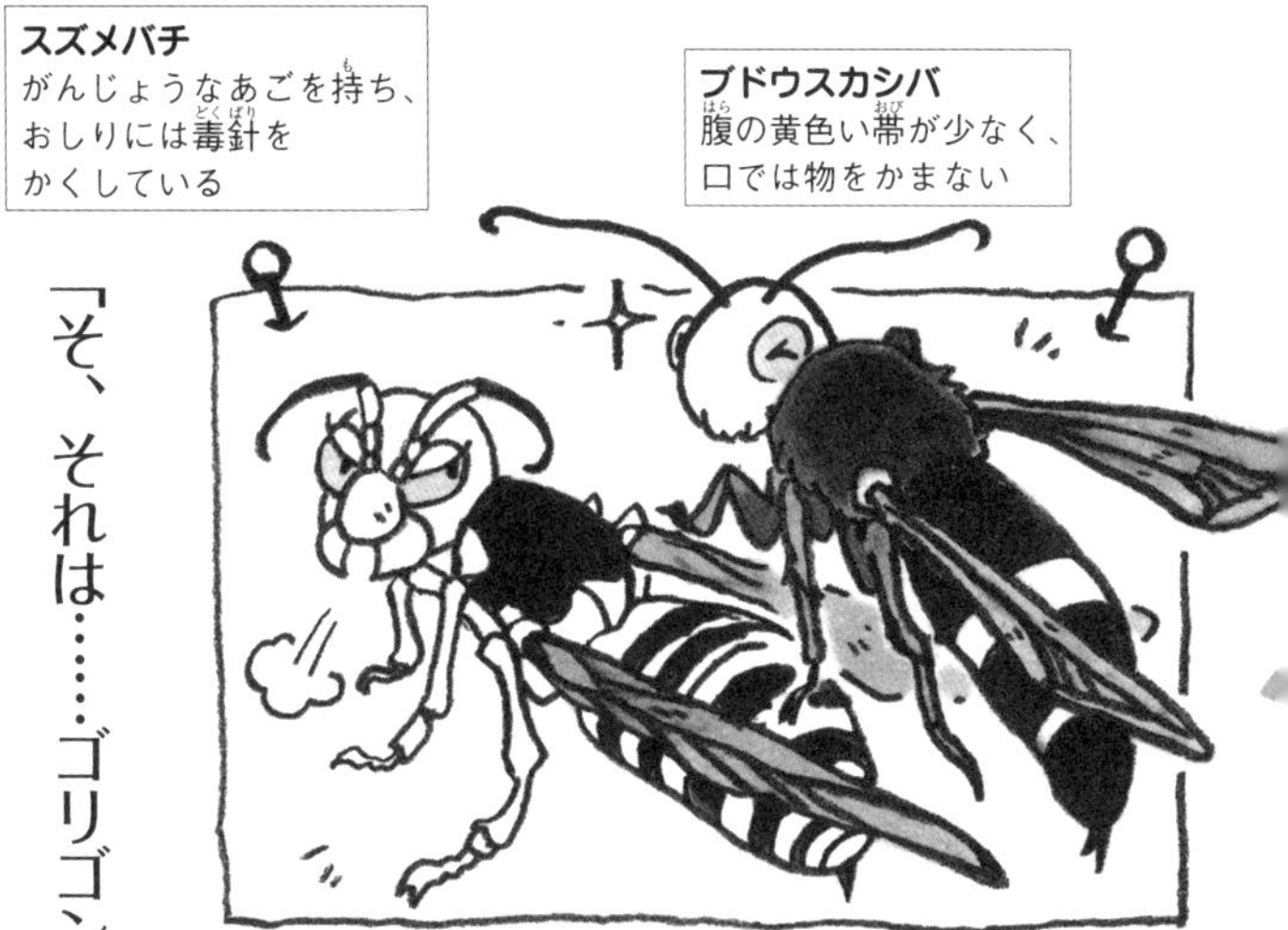
スズメバチ
がんじょうなあごを持《も》ち、
おしりには毒針《どくばり》を
かくしている
ブドウスカシバ
腹《はら》の黄色い帯《おび》が少なく、
口では物をかまない

だけだから、ささないし、ブドウの害虫《がいちゅう》だというんで、ブドウ園《えん》でもよろこんでとらせてくれた」

おいらは、冷《ひ》や汗《あせ》をかきながら弁解《べんかい》した。

「えっ。スズメバチじゃなかったの!? だったらどうして、あたしたちに話さなかったのよ!」

「そ、それは……ゴリゴンをだますにはまず仲間《なかま》から、って……」

ユッカには、このじょうだんが通じない。

そのとき、いい考えがうかんだ。

「このアイデアってさあ、ユッカの情報《じょうほう》のおかげなんだ。ゴリゴンが意外《いがい》におく病《びょう》だってこと――」

「そうだったの」

ユッカのきげんがすこしだけなおった。

「じゃあ……ハチはわかったとして、丸太はどう？　純《じゅん》くん、ほんとは空手の達人《たつじん》だったりして」

「えっ、ぼく？　と、とんでもない」

きゅうにふられた純《じゅん》があわてて否定《ひてい》した。

「用意《ようい》した丸太はね、カミキリムシやシロアリが食いあらしたものだったんだ。見た目はがんじょうだけど、中身《なかみ》はスカスカ。だから最初《さいしょ》に、ゴリゴンやみんなをおどかすのに使《つか》ったんだよ。それもクマグスの……あ、いや、ユッカのゴリゴン情報《じょうほう》のおかげだね。最初《さいしょ》に純《じゅん》が強いと思わせれば、ゴリゴンはビビッて、ケースに手を入れにくくなるからね」

ムラチュー、気づかい、ありがとよ。

「まあ、そうよね。あたしのゴリゴン情報《じょうほう》がなければこの作戦《さくせん》もなかったわけだし。……そうだわ。このことも記事《きじ》に書かなきゃ！」

これだもんな。
ちょっとほめると、
この調子《ちょうし》だから、
いいたくなかったんだよな。
と、思ったしゅんかん――。
ユッカのそで口になにかがとまった。
うしし。これだ、これこれ……。
おいらは、おなかいっぱいに息《いき》をためて――。

「ハチだー！　ほんもののハチがそで口にとまってる！」思いきり、でかい声を出してやった。

おどろいたユッカはうでをぶんぶんふりまわしたが、ハチはますますしがみついて、はなれない。

観念《かんねん》したユッカは頭をかかえて、その場《ば》にしゃがみこんだ。

へへへ。これでユッカもちょっとはヘコむだろ。

おいらはゆっくり手をのばし、そで口のハチをつまみとって、

「おっ。わりぃ、わりぃ。よく見たらこれ、さっきのブドウスカシバじゃねえか。さすがのユッカ編集長《へんしゅうちょう》も、ガの擬態《ぎたい》は見やぶれなかったようだな」

すっとぼけた感《かん》じでいった。

と――。

「なにいってんの！　いまのかっこう、
見てなかったの⁉　擬態《ぎたい》よ、擬態《ぎたい》！
あたしはとっさに、
石に擬態《ぎたい》したんだから――。
そんなことより、早くもどって
新聞つくるよ。ニュースは鮮度《せんど》が
一番なんだから！」

すっげえ、負《ま》けおしみ。
だれか、ユッカの天敵《てんてき》
さがしてくれないかなあ。

ハチみたいで
こわいけど、
黄色と黒のデザインは
おしゃれよね
工事現場《こうじげんば》に
よくある
バリケードにも
似《に》てるけどな

ブドウスカシバ

・ガの一種《いっしゅ》。体長は２センチメートルぐらい。
・黄と黒のツートンカラーで、ハチとよくまちがえられる。
・幼虫《ようちゅう》はブドウの害虫《がいちゅう》として、農家《のうか》にきらわれている。
・幼虫《ようちゅう》は「ブドウ虫」ともよばれ、魚つりのえさになる。

★さがし絵美《び》術《じゅつ》館《かん》★

すてきな風景《ふうけい》の絵よねえ
風景《ふうけい》というより忍者《にんじゃ》の絵だよな
絵のなかに生きものが五ついるよ。さがしてみてね

【答え】木のえだに化《ば》けているクワエダシャクの幼虫《ようちゅう》。木の皮《かわ》にそっくりなキノカワガ。中央《ちゅうおう》のジャコウアゲハに見えるチョウは、じつはアゲハモドキというガ。葉《は》の上にいるアリはよく見ると足が８本のアリグモ。アシの中にとまっている鳥はヨシゴイ。

【作者】谷本雄治（たにもと　ゆうじ）

1953年、愛知県に生まれる。

記者として活躍する一方、“プチ生物研究家”として野山をかけめぐる。

ヘンなむしとのつきあい、多数。

著書に『谷本記者のむしむし通信』（あかね書房）、『ユウくんはむし探偵』シリーズ（文溪堂）、『いもり、イモリを飼う』（アリス館）、『蛾ってゆかいな昆虫だ!』（くもん出版）、『カブトエビの寒い夏』（農山漁村文化協会）などがある。

【画家】やないふみえ

1983年、福島県に生まれる。

文星芸術大学油画コース・大学院修了。

美術館で非常勤学芸員の仕事をしながら作品を描き続け、個展などで発表している。

美術館では、子ども向けパンフレットの挿画や、イメージキャラクターの「ジンジャくん」のデザインも手がける。

児童書の挿画はこの作品が初めて。

【装丁】 VOLARE inc.

百川《モモンガ》小学校ミステリー新聞・2

天使《てんし》の恋占《こいうらな》い

【発　行】 2010 年 5 月 25 日　初版発行

【作　者】 谷本雄治

【画　家】 やないふみえ

【発行者】 岡本雅晴

【発行所】 株式会社あかね書房

〒101-0065　東京都千代田区西神田 3-2-1

電話　03-3263-0641（営業）　03-3263-0644（編集）

http://www.akaneshobo.co.jp

【印刷所】 錦明印刷株式会社

【製本所】 株式会社ブックアート

NDC913 145P 18cm

ISBN 978-4-251-04502-7

百川《モモンガ》小学校ミステリー新聞シリーズ
谷本雄治・作　やないふみえ・絵

1. 青いハートの秘密《ひみつ》
森の木がきばをむいた……!?
なぞの事件《じけん》を追《お》いかける、
“モモンガ新聞”3人組!
あっとおどろく真犯人《しんはんにん》とは……!?
3話入っておもしろさ3倍《ばい》!

2. 天使《てんし》の恋占《こいうらな》い
如月《きさらぎ》リョウの恋占《こいうらな》いで、
空から天使《てんし》の羽根《はね》がふり、
両思《りょうおも》いになれる!?
“モモンガ新聞”記者《きしゃ》3人は、
占《うらな》いのなぞにいどむ!

…………………………………… 以下続刊

モモンガ新聞特別《とくべつ》版《ばん》

モモンガ小学校に新カップル!?

「生きもののハウス」に、黄色いセキセイインコのピーちゃんが仲間《なかま》入りしました。

ずっとひとりぼっちだったブルーくんにもついに、恋人《こいびと》ができそうです。

生きもの係《がかり》によると、ピーちゃんの方が積極《せっきょく》的《てき》で、しきりにアタックしています。

二羽《わ》そろって巣箱《すばこ》に入るところも目撃《もくげき》されているので、産卵《さんらん》も期《き》待《たい》できそうです。

生きものハウス 大紹介《だいしょうかい》!
トリルーム
ピーちゃんたちのほかにニワトリとアヒルがいる ニワトリはハウスの主《ぬし》のようにいばっている
おなじみ! モモンガ新聞
ウサギルーム
ウサギはマイペース! なにがあっても草をたべている
とくべつしつ
いまなら子ウサギがいる

ユッカ編《へん》集《しゅう》長《ちょう》の記者《きしゃ》にインタビュー!

——『モモンガ新聞』のセールスポイントを聞かせて。

ホットなニュースに、モーレツ取材《しゅざい》! とくに、生きもの関係《かんけい》には自信《じしん》あり!（クマグス記者《きしゃ》）

——写真《しゃしん》のスクープもありましたね。

カメラはもう体の一部《いちぶ》だね。上の記事《きじ》の写真《しゃしん》もバッチリだったでしょ。（ムラチュー記者《きしゃ》）